清雅诗词

黄峻峰◎著

时间岛◎编

文化发展出版社
Cultural Development Press

·北京·

目录
CONTENTS

嘈嘈切切错杂弹，大珠小珠落玉盘。

表达：清脆的琵琶声，好似珠落玉盘。

苔花如米小，也学牡丹开。

表达：苔花虽小，却勇于展现自我。

小山重叠金明灭，鬓云欲度香腮雪。

表达：描绘女子的美丽面容。

绿酒初尝人易醉，一枕小窗浓睡。

表达：微醺，小窗前酣睡一觉。

同居长干里，两小无嫌猜。

表达：青梅竹马的感情，最是难得。

同是长干人，生小不相识。

表达：一见如故，遗憾没能早点儿相识。

少小虽非投笔吏，论功还欲请长缨。

表达：报国立功的壮志。

公退斋戒坐小阁，濡染大笔何淋漓。

表达：写作进入了随心所欲的境界是多么痛快啊。

休近小阑干，夕阳无限山。

表达：不要凭栏远望，夕阳下绵延的远山让人伤悲。

小舟从此逝，江海寄余生。

表达：从今往后，不再留恋官场，心游四海八荒。

红笺小字，说尽平生意。

表达：通过书信表达平生爱慕之情。

高阁客竟去，小园花乱飞。

表达：客人离去后的冷清景象。

交乃意气合，道因风雅存。

表达：重义气则交合，尚风雅则道存。

雅态妍姿正欢洽，落花流水忽西东。

表达：享受美好时光，今后总要各奔东西。

摇落深知宋玉悲，风流儒雅亦吾师。

表达：对先贤悲凉境遇的感同身受及敬仰之情。

别裁伪体亲风雅，转益多师是汝师。

表达：辨真伪，亲风雅，广寻良师，广纳善言。

清音雅调感君子，一抚一弄怀知己。

表达：音乐，知己间的无言对话。

言辞雅措风流足，举止低回秀媚多。

表达：言行雅致，气质自然不凡。

弦中雅弄若铿金，指下寒泉流太古。

表达：弦音绕梁，指间流淌千年韵。

强作南朝风雅客，夜来偷醉早梅傍。

表达：独孤而宁静，享片刻自在。

年颜近老空多感，风雅含情苦不才。

表达：年华易老，才华易散。

有画难描雅态，无花可比芳容。

表达：风雅之美难以言说，芳容之姿世间无双。

吟成大雅百篇诗，首首清新鉴者谁。

表达：佳作百篇，不知谁是知音。

绿窗帘尽卷，吹到眉心，点缀新妆称闲雅。

表达：自然的点缀带到女子的眉心，更添闲雅之气。

爆竹声中一岁除，春风送暖入屠苏。

表达：新年了，旧的去，新的来。

长恨春归无觅处，不知转入此中来。

表达：绝望中寻找希望，发现美好就在身边。

春色满园关不住，一枝红杏出墙来。

表达：生命的美好，是不会被束缚住的。

春风得意马蹄疾，一日看尽长安花。

表达：成功之时的骄傲和自豪。

等闲识得东风面，万紫千红总是春。

表达：不经意间扑面而来的美好。

池塘生春草，园柳变鸣禽。

表达：周而复始，道生万物，生命才是最美的风景。

阳春布德泽，万物生光辉。

表达：感谢阳光，给了我们生机勃勃的世界。

春风一夜吹乡梦，又逐春风到洛城。

表达：思念故乡。

日月忽其不淹兮，春与秋其代序。

表达：世间万物循环往复，生生不息。

箫鼓追随春社近，衣冠简朴古风存。

表达：乡村节日的热闹和村民的古朴风情。

上楼多看月，临水共伤春。

表达：多愁善感的人，总爱伤春悲月。

携取琴书归旧隐，野花啼鸟一般春。

表达：真正的归隐，是回归自然与初心。

东风不与周郎便，铜雀春深锁二乔。

表达：成功需要机遇；彰显历史的偶然性与个人的渺小。

数声风笛离亭晚，君向潇湘我向秦。

表达：与友人离别，意味着各向天涯。

江头未是风波恶，别有人间行路难！

表达：人生路艰险，人心复杂，世事难料。

髣髴兮若轻云之蔽月，飘飖兮若流风之回雪。

表达：轻盈灵动之美，超凡脱俗。

长风破浪会有时，直挂云帆济沧海。

表达：做人就要无惧风浪，勇往直前。

林花谢了春红，太匆匆。无奈朝来寒雨晚来风。

表达：风雨无情人易老，美好总是短暂的。

宁可枝头抱香死，何曾吹落北风中。

表达：不屈不挠、坚守节操的情怀。

料峭春风吹酒醒，微冷，山头斜照却相迎。

表达：坚韧的心总能在困难中找到希望。

野火烧不尽，春风吹又生。

表达：生生不息。

莫道不销魂，帘卷西风，人比黄花瘦。

表达：悲秋伤别，无计消愁，人显得憔悴瘦弱。

夜月一帘幽梦，春风十里柔情。

表达：深情追忆当年的缠绵悱恻。

暖风熏得游人醉，直把杭州作汴州。

表达：批判苟且偷安之辈。

可怜夜半虚前席，不问苍生问鬼神。

表达：才华无用武之地。

苟利国家生死以，岂因祸福避趋之。

表达：只要国家需要，我必全力以赴。

独立三边静，轻生一剑知。

表达：我的剑最懂我的忠诚。

此生此夜不长好，明月明年何处看。

表达：漂泊的无奈和分离的不舍。

出门搔白首，若负平生志。

表达：悔恨辜负了这一辈子的梦想。

人生如逆旅，我亦是行人。

表达：人生漂泊，豁达前行。

宁为百夫长，胜作一书生。

表达：投笔从戎的决心。

平生不会相思，才会相思，便害相思。

表达：从不懂到情深似海，一旦爱上便无法自拔。

欣欣此生意，自尔为佳节。

表达：自然生机蓬勃，自成美好时节。

生当作人杰，死亦为鬼雄。

表达：做人应当顶天立地，气贯长虹。

人生若只如初见，何事秋风悲画扇。

表达：感慨人与人之间情感变化的无常。

谁道群生性命微？一般骨肉一般皮。

表达：众生平等。

沾衣欲湿杏花雨，吹面不寒杨柳风。

表达：春日的细雨和暖风，温柔且生机盎然。

此夜曲中闻折柳，何人不起故园情。

表达：离别曲最易惹乡愁。

月上柳梢头，人约黄昏后。

表达：到了约会的好时间。

郎情柳叶短，妾意柳枝长。

表达：女子比男子更痴情。

忽见陌头杨柳色，悔教夫婿觅封侯。

表达：思念丈夫，后悔当初让他去追求功名。

蛾儿雪柳黄金缕，笑语盈盈暗香去。

表达：擦肩而过的美丽身影最难忘记。

一溪烟柳万丝垂，无因系得兰舟住。

表达：对离人的不舍与无奈。

梨花院落溶溶月，柳絮池塘淡淡风。

表达：面对春宵花月，却无处安放闲愁。

昔我往矣，杨柳依依。

表达：依依不舍的离别之情。

花明柳暗绕天愁，上尽重城更上楼。

表达：愁绪萦绕，登高望远愁更浓。

请君莫奏前朝曲，听唱新翻杨柳枝。

表达：别沉溺过去，告别旧曲，新歌更醉人。

柳条折尽花飞尽，借问行人归不归？

表达：春去秋来，柳尽花残，盼君归。

庭树不知人去尽，春来还发旧时花。

表达：人事沧桑变迁，自然恒常不息。

相见时难别亦难，东风无力百花残。

表达：爱情中相聚与别离的复杂感受。

人间四月芳菲尽，山寺桃花始盛开。

表达：大地春归时，与盛景不期而遇的欣喜。

停车坐爱枫林晚，霜叶红于二月花。

表达：美好风景值得停下驻足观赏。

桃花坞里桃花庵，桃花庵下桃花仙。

表达：心向桃花源，逍遥为神仙。

人面不知何处去，桃花依旧笑春风。

表达：物是人非。

桃花潭水深千尺，不及汪伦送我情。

表达：真正的友谊不可量化。

忽如一夜春风来，千树万树梨花开。

表达：人生总有意外惊喜。

年年岁岁花相似，岁岁年年人不同。

表达：时间无情，人事无常，所以要珍惜。

曲径通幽处，禅房花木深。

表达：经过曲折地探寻，抵达宁静修心之所。

待到秋来九月八，我花开后百花杀。

表达：自信满满，期待在未来一枝独秀。

自在飞花轻似梦，无边丝雨细如愁。

表达：既美丽又忧郁的意境。

清江一曲抱村流，长夏江村事事幽。

表达：夏日小村，江水环抱，生活很悠闲。

闭门觅句消长夏，载酒评花负好春。

表达：闭门消夏、载酒赏花，人间清欢。

春夏间遍郊原桃杏繁，用尽丹青图画难。

表达：最高明的艺术其实是大自然本身。

春夏秋冬捻指间，钟送黄昏鸡报晓。

表达：时间流逝如指间沙。

沉沉夏夜兰堂开，飞蚊伺暗声如雷。

表达：夏夜深沉，蚊声如雷般烦人。

只消山水光中，无事过这一夏。

表达：悠然山水间，静享夏日闲。

连雨不知春去，一晴方觉夏深。

表达：雨过天晴，才发现早已入夏。

云天收夏色，木叶动秋声。

表达：夏转秋，天阔云高，树叶在风中作响。

芳菲歇去何须恨，夏木阴阴正可人。

表达：春花谢了不必遗憾，夏日绿树浓荫才更可爱。

味苦夏虫避，丛卑春鸟疑。

表达：世间万物哪有完美，总有一部分人心生排斥。

天道昼夜回转不曾住，春秋冬夏忙。

表达：世界没有一刻是绝对静止的。

醉中咳唾落珠玑，身后声名满夷夏。

表达：卓越才华穿越时空，永恒闪耀。

雨落不上天，水覆难再收。

表达：一旦错过就无法回头。

好雨知时节，当春乃发生。

表达：好时机适时降临。

寒雨连江夜入吴，平明送客楚山孤。

表达：吴地夜雨，清晨送别友人，倍感孤独。

东边日出西边雨，道是无晴却有晴。

表达：天气阴晴不定，就像人心捉摸难测。

南朝四百八十寺，多少楼台烟雨中。

表达：面对江南众多古寺楼台，感慨时间流逝和历史变迁。

君问归期未有期，巴山夜雨涨秋池。

表达：思念就像细雨，慢慢涨满心池。

夜阑卧听风吹雨，铁马冰河入梦来。

表达：午夜梦回，征战沙场！

孤灯寒照雨，湿竹暗浮烟。

表达：清冷孤寂的氛围。

回首向来萧瑟处，归去，也无风雨也无晴。

表达：回看过往，要学会云淡风轻。

笔落惊风雨，诗成泣鬼神。

表达：文学才华之高，作品之精彩。

一川烟草，满城风絮，梅子黄时雨。

表达：江南初夏，轻笼忧愁。

涕泪落如雨，肝肠痛似刀。

表达：泪如雨下，心如刀割。

故园东望路漫漫，双袖龙钟泪不干。

表达：一想家，就泪水涟涟。

出师未捷身先死，长使英雄泪满襟。

表达：壮志未酬的悲壮让人落泪。

玉容寂寞泪阑干，梨花一枝带春雨。

表达：女孩子孤独哀伤，泪水滑落。

春蚕到死丝方尽，蜡炬成灰泪始干。

表达：即使耗尽生命也在所不惜。

乡泪客中尽，孤帆天际看。

表达：游子思念故乡。

无限山河泪，谁言天地宽。

表达：国破山河碎，个人命运与国家命运相连。

还君明珠双泪垂，恨不相逢未嫁时。

表达：妇人委婉拒绝追求者。

我是人间惆怅客，知君何事泪纵横，断肠声里忆平生。

表达：同为伤心者，彼此理解。

细看来，不是杨花，点点是离人泪。

表达：伤心之人，看花都是泪。

物是人非事事休，欲语泪先流。

表达：一切都已改变，失落难以言表。

不见去年人，泪湿春衫袖。

表达：物是人非，无限惋惜。

丈夫非无泪，不洒离别间。

表达：男子汉不在分别时候哭哭啼啼。

欲穷千里目，更上一层楼。

表达：站得高才看得远。

山外青山楼外楼，西湖歌舞几时休？

表达：讽刺权贵醉生梦死。

楼前绿暗分携路，一丝柳、一寸柔情。

表达：离别的深情厚意。

景阳楼畔千条路，一面新妆待晓风。

表达：我已准备好迎接万般美好。

无言独上西楼，月如钩。

表达：孤独与哀愁。

小楼昨夜又东风，故国不堪回首月明中。

表达：亡国哀思，不敢回忆曾经的美好。

长风万里送秋雁，对此可以酣高楼。

表达：登上高楼饮酒，心中豪情万丈。

不知筋力衰多少，但觉新来懒上楼。

表达：老来心力交瘁，懒得爬楼了。

溪云初起日沉阁，山雨欲来风满楼。

表达：即将面临挑战或变化。

花近高楼伤客心，万方多难此登临。

表达：国难当头，登上高楼更伤心。

躲进小楼成一统，管它冬夏与春秋。

表达：不管窗外纷扰。

云中谁寄锦书来？雁字回时，月满西楼。

表达：对身在异地的人的思念和期盼。

何当共剪西窗烛，却话巴山夜雨时。

表达：将来团聚之日，会聊起今日的相思。

鸟向檐上飞，云从窗里出。

表达：山中小屋独特的景致。

北窗高卧，莫教啼鸟惊着。

表达：追求宁静与自在的生活态度。

纱窗日落渐黄昏，金屋无人见泪痕。

表达：身处富贵之中，内心却孤寂、痛苦。

已觉秋窗秋不尽，那堪风雨助凄凉。

表达：窗前秋风秋雨更增添了内心的凄凉。

来日绮窗前，寒梅著花未？

表达：对故乡及故人的思念之情。

今夜偏知春气暖，虫声新透绿窗纱。

表达：用心感受就会在细微之处发现大自然的变化。

窗含远色通书幌，鱼拥香钩近石矶。

表达：书房读书，溪边垂钓，都是闲适的生活。

明月不知君已去，夜深还照读书窗。

表达：怀念故人，人去楼空。

闲坐小窗读周易，不知春去几多时。

表达：读书入迷了，忘记时间的流逝。

相思一夜梅花发，忽到窗前疑是君。

表达：想念过度，会产生情人来到窗前的幻觉。

寻常一样窗前月，才有梅花便不同。

表达：寻常月色，因志同道合的朋友到来而不同。

何当金络脑，快走踏清秋。

表达：期待被伯乐赏识。

海畔尖山似剑铓，秋来处处割愁肠。

表达：秋景触动伤心处。

自古逢秋悲寂寥，我言秋日胜春朝。

表达：在积极乐观的人眼中，秋天是美好的。

空山新雨后，天气晚来秋。

表达：一片宁静的山中秋景图。

秋风起兮白云飞，草木黄落兮雁南归。

表达：苍凉萧瑟的秋景。

秋风萧瑟天气凉，草木摇落露为霜。

表达：秋天到，天气凉，人间满是萧瑟之气。

秋风清，秋月明，落叶聚还散，寒鸦栖复惊。

表达：在静谧的秋夜中沉思，聚散离合，人生无常。

秋阴不散霜飞晚，留得枯荷听雨声。

表达：万物凋零时，生命也要留下最后的倔强。

今日山城对垂泪，伤心不独为悲秋。

表达：国破山河在，伤心的原因不只是悲秋。

秋草独寻人去后，寒林空见日斜时。

表达：独自寻觅，只见寒林秋草，不见心中所念。

塞下秋来风景异，衡阳雁去无留意。

表达：大雁匆匆掠过，对塞下秋景未留一丝眷恋。

一往情深深几许？深山夕照深秋雨。

表达：一种挥之不去又无法形容的伤感。

青女素娥俱耐冷，月中霜里斗婵娟。

表达：霜神和嫦娥竞相展现她们的美丽。

半卷红旗临易水，霜重鼓寒声不起。

表达：塞外夜深霜重，战鼓声低沉。

蒹葭苍苍，白露为霜。

表达：深秋清晨的寒冷与静谧。

艰难苦恨繁霜鬓，潦倒新停浊酒杯。

表达：对时光流逝，壮志未酬的感慨。

鸳鸯瓦冷霜华重，翡翠衾寒谁与共。

表达：爱人不在身边，一点物件就能引起悲伤。

鸡声茅店月，人迹板桥霜。

表达：早行的清冷。

满堂花醉三千客，一剑霜寒十四州。

表达：英雄人物的超凡武艺和威震四方的气势。

荷尽已无擎雨盖，菊残犹有傲霜枝。

表达：逆境中依然保持坚贞不屈的精神。

末路惊风雨，穷边饱雪霜。

表达：濒临绝境，依然不放弃。

麻姑垂两鬓，一半已成霜。

表达：岁月匆匆，青丝染白霜。

渐霜风凄紧，关河冷落，残照当楼。

表达：深秋凄冷，边塞荒凉。

故乡今夜思千里，霜鬓明朝又一年。

表达：离开故乡又多一年。

明月楼高休独倚，酒入愁肠，化作相思泪。

表达：相思最难熬。

白发三千丈，缘愁似个长。

表达：忧愁深重，白发仿佛一夜之间疯长。

抽刀断水水更流，举杯消愁愁更愁。

表达：无论怎样努力，忧愁总如流水般不断。

扬子江头杨柳春，杨花愁杀渡江人。

表达：愁绪就像江边柳絮，想躲躲不开。

别有幽愁暗恨生，此时无声胜有声。

表达：音乐停歇，如暗恨滋长，比有声更耐人寻味。

剪不断，理还乱，是离愁。

表达：愁怨堆积在心，犹如一团乱麻。

只恐双溪舴艋舟，载不动许多愁。

表达：愁绪很重，船儿都承受不住。

一片花飞减却春，风飘万点正愁人。

表达：看见风中落花，便担忧春色又少了。

一声梧叶一声秋，一点芭蕉一点愁。

表达：秋天来了，看着入秋的景致，人更愁了。

花红易衰似郎意，水流无限似侬愁。

表达：花易谢如情易变，愁绪如流水般无尽。

浩荡离愁白日斜，吟鞭东指即天涯。

表达：离别是忧伤的，但广阔天涯会另有一番作为。

青鸟不传云外言，丁香空结雨中愁。

表达：相思之愁郁结不散。

大风起兮云飞扬，威加海内兮归故乡。

表达：一统天下、荣归故里的豪情壮志。

巴山楚水凄凉地，二十三年弃置身。

表达：回顾人生不如意的经历。

人生岂得长无谓，怀古思乡共白头。

表达：时光不忘，情深难忘。

未老莫还乡，还乡须断肠。

表达：思乡情深，未到功成时不忍归。

但使主人能醉客，不知何处是他乡。

表达：只要主人足够热情，客人就会宾至如归。

少小离家老大回，乡音无改鬓毛衰。

表达：小时离故乡，垂老才回家。

共看明月应垂泪，一夜乡心五处同。

表达：看同一个月亮，想同一个故乡。

试问岭南应不好，却道：此心安处是吾乡。

表达：随遇而安。

近乡情更怯，不敢问来人。

表达：快到家乡了，想打听情况又怕听到坏消息。

故乡何处是，忘了除非醉。

表达：思乡之愁难以排解。

醉乡中，东风唤醒梨花梦。

表达：春意盎然，梦醒花现。

此乡非吾地，此郭非吾城。

表达：悲叹自己身处他乡。

柔情似水，佳期如梦，忍顾鹊桥归路。

表达：约会时甜蜜而短暂，离别时难舍难分。

相寻梦里路，飞雨落花中。

表达：爱人不见，只能梦中找寻。

南风知我意，吹梦到西洲。

表达：南风寄情，不尽相思。

闲来垂钓碧溪上，忽复乘舟梦日边。

表达：溪水中钓鱼，忽然梦到日边，志在千里。

我今因病魂颠倒，唯梦闲人不梦君。

表达：病中做梦都梦不到你，情深缘浅。

庄生晓梦迷蝴蝶，望帝春心托杜鹃。

表达：理想与现实有落差，令人感慨又无奈。

梦里栩然蝴蝶、一身轻。

表达：梦里化蝶，超然物外。

人生如梦，一尊还酹江月。

表达：人生不过一场梦，洒一杯酒祭江上明月。

关山魂梦长，鱼雁音尘少。

表达：距离遥远，书信太少，只能梦中相见。

梦里不知身是客，一晌贪欢。

表达：梦中忘掉自己身份，回到从前快乐日子。

世事漫随流水，算来一梦浮生。

表达：时间白白流逝，人生梦一样虚幻。

故人入我梦，明我长相忆。

表达：梦到故人，才知道自己有多想念。

冬寒前后，雪晴时候，谁人相伴梅花瘦？

表达：对孤独、对陪伴的深刻感受和理解。

不知近水花先发，疑是经冬雪未销。

表达：远望似雪非雪，原来是近水先开的梅花。

天时人事日相催，冬至阳生春又来。

表达：阳生春来，节气和世事紧迫，日日相催生。

十年不见此邂逅，穷冬雨雪寒飕飕。

表达：与友人久别，冬天更加寒气逼人。

明日死生犹未必，新何缠裹过秋冬。

表达：生命无常，不如乐观面对。

三冬今足用，谁笑腹空虚。

表达：勤学三冬，腹有诗书气自华。

清冬见远山，积雪凝苍翠。

表达：冬天虽冷，但依然有其独特的美。

冬裘夏葛相催促，垂老光阴速似飞。

表达：四季轮转，催人老。

仲冬严寒年年事，须知事上大有事。

表达：严冬岁岁有，人间事不断。

岭外音书断，经冬复历春。

表达：久别思乡，岁月漫长。

行役无冬春，车马无南北。

表达：四季奔波，工作不停歇。

冬暖梅花早，年丰酒价廉。

表达：丰年的喜悦和满足。

路出寒云外，人归暮雪时。

表达：远行的背影，融入日暮雪景中。

若似月轮终皎洁，不辞冰雪为卿热。

表达：深情不渝，甘愿为爱付出一切。

天山雪后海风寒，横笛偏吹行路难。

表达：相隔又远又难行，笛声寄情。

白雪却嫌春色晚，故穿庭树作飞花。

表达：白雪盼春化作飞花，春意提前到。

天山三丈雪，岂是远行时。

表达：劝君暂缓出门。

孤舟蓑笠翁，独钓寒江雪。

表达：看似孤独，实则超脱世俗。

晚来天欲雪，能饮一杯无？

表达：要下雪了，一起喝一杯吧。

昔去雪如花，今来花似雪。

表达：岁月匆匆。

遥知不是雪，为有暗香来。

表达：君子高贵品质，是藏不住的。

更无花态度，全有雪精神。

表达：不慕繁华，只学雪之高洁品质。

六出飞花入户时，坐看青竹变琼枝。

表达：静心赏雪，看那雪花装扮竹枝。

砌下落梅如雪乱，拂了一身还满。

表达：梅花如雪落满身，愁绪难拂去。

愿侬此日生双翼，随花飞到天尽头。

表达：厌尘世，想随花飞。

羽扇纶巾，谈笑间，樯橹灰飞烟灭。——

表达：谈笑间，敌军灭。

蝶去莺飞无处问。

表达：美好一旦消失便再难寻觅。

花谢花飞飞满天，红消香断有谁怜？

表达：身世如落花，飘零无人怜。

落霞与孤鹜齐飞，秋水共长天一色。

表达：傍晚壮阔的美景。

马作的卢飞快，弓如霹雳弦惊。

表达：马和箭都达到了速度与力量的极致。

落花人独立，微雨燕双飞。

表达：独自赏落花，看细雨中燕子成双。

人生到处知何似，应似飞鸿踏雪泥。

表达：人生漂泊不定、匆匆无常。

天长路远魂飞苦，梦魂不到关山难。

表达：离得太远，连思念都难以飞跃抵达。

相望始登高，心随雁飞灭。

表达：为望友人登高，心随大雁远去。

一轮秋影转金波，飞镜又重磨。

表达：秋月美得像一面镜子。

泪眼问花花不语，乱红飞过秋千去。

表达：悲伤无处诉，落花纷飞一去不返。

凤凰台上凤凰游，凤去台空江自流。

表达：曾经歌舞喧嚣处，如今只听见流水声。

孤灯不明思欲绝，卷帷望月空长叹。

表达：窗前叹息，月下相思。

楚虽三户能亡秦，岂有堂堂中国空无人。

表达：国难当头，岂会袖手旁观。

春如旧，人空瘦。

表达：春又来，人还在相思憔悴。

人闲桂花落，夜静春山空。

表达：静谧的意境。

花开堪折直须折，莫待无花空折枝。

表达：要做个行动派，不留遗憾。

莫等闲，白了少年头，空悲切。

表达：珍惜时光，世上可没有后悔药。

休言万事转头空，未转头时皆梦。

表达：人生偶然，世事皆为空幻。

山月不知心里事，水风空落眼前花。

表达：正在伤心，偏又看见风吹花落。

身世酒杯中，万事皆空。

表达：来几杯酒，把一切忘得一干二净吧。

死去元知万事空，但悲不见九州同。

表达：这辈子最大的遗憾就是未看到祖国统一。

兴来每独往，胜事空自知。

表达：乐在独行，自得其乐。

欲把西湖比西子，淡妆浓抹总相宜。

表达：西湖美如西施，自然天成。

最爱湖东行不足，绿杨阴里白沙堤。

表达：喜爱西湖东畔那片沙堤。

湖光秋月两相和，潭面无风镜未磨。

表达：湖光秋月如镜子一样静谧。

卷地风来忽吹散，望湖楼下水如天。

表达：雨散云飞，湖水碧波如镜。

八月湖水平，涵虚混太清。

表达：水天相接，包容一切。

登临吴蜀横分地，徙倚湖山欲暮时。

表达：凭吊古迹，感受历史的沧桑和变迁。

江湖多风波，舟楫恐失坠。

表达：小心驶得万年船。

明朝事与孤烟冷，做满湖、风雨愁人。

表达：内心纷扰不安。

八月渡长湖，萧条万象疏。

表达：秋季萧瑟、凄凉之感。

鸿雁几时到，江湖秋水多。

表达：期待远方的消息。

终当游五湖，濯足沧浪泉。

表达：对前途充满信心。

轻舸迎上客，悠悠湖上来。

表达：快乐地泛舟，迎接客人到来。

清雅诗词

东风夜放花千树，更吹落，星如雨。

表达：灯火辉煌、烟花绽放的盛景。

晴川历历汉阳树，芳草萋萋鹦鹉洲。

表达：让阳光明媚了小洲，也明媚了心情。

沉舟侧畔千帆过，病树前头万木春。

表达：做人须有百折不挠的精神。

斜阳草树，寻常巷陌，人道寄奴曾住。

表达：英雄不论出身，小巷卧虎藏龙。

长安陌上无穷树，唯有垂杨绾别离。

表达：都市繁华热闹，几乎掩盖了离别的哀伤。

绕树三匝，何枝可依。

表达：犹豫迷茫。

树树皆秋色，山山唯落晖。

表达：满山的树，都披上了秋日余晖。

树深时见鹿，溪午不闻钟。

表达：静谧寻幽，时光悠然。

只见草萧疏，水萦纡。至今遗恨迷烟树。

表达：历史的真相被掩埋在荒草之中。

中庭地白树栖鸦，冷露无声湿桂花。

表达：中秋的庭院，略显清冷的感觉。

可惜流年，忧愁风雨，树犹如此。

表达：多年后，树长高了，人也老了。

狗吠深巷中，鸡鸣桑树颠。

表达：宁静而和谐的田园生活。

众鸟高飞尽，孤云独去闲。

表达：独享宁静，自在如云。

感时花溅泪，恨别鸟惊心。

表达：感时伤怀，连花鸟都似带悲情。

荡胸生层云，决眦入归鸟。

表达：胸怀壮阔，心随归鸟远。

山气日夕佳，飞鸟相与还。

表达：黄昏鸟儿归巢的温馨场景。

蝉噪林逾静，鸟鸣山更幽。

表达：自然的天籁之音，让内心更加宁静。

月出惊山鸟，时鸣春涧中。

表达：山中夜景衬托了内心的宁静。

山光悦鸟性，潭影空人心。

表达：抛开杂念，放空内心。

白发悲花落，青云羡鸟飞。

表达：时光易逝，悲花落，却羡鸟之自由。

鸟飞反故乡兮，狐死必首丘。

表达：死也要向着故乡的方向。

羁鸟恋旧林，池鱼思故渊。

表达：爱家乡是人的本能。

鸟啼花落人何在，竹死桐枯凤不来。

表达：英才早逝，空余遗恨。

江雨霏霏江草齐，六朝如梦鸟空啼。

表达：历史沧桑，当年繁华不再。

不见年年辽海上，文章何处哭秋风。

表达：伤春悲秋的文章，对解决国家战乱毫无作用。

母别子，子别母，白日无光哭声苦。

表达：战争会带来各种人间惨剧。

野哭千家闻战伐，夷歌数处起渔樵。

表达：战乱使家家户户传来哭声，民众在乱世中无奈坚守。

平生风义兼师友，不敢同君哭寝门。

表达：为亦师亦友的朋友去世而哭。

梦好难留，诗残莫续，赢得更深哭一场。

表达：梦到逝者，诗也写不下去，只想再哭一场。

嫦娥老大无归处，独倚银轮哭桂花。

表达：国土沦丧，连嫦娥也无处可去。

想人生最苦别离。不甫能喜喜欢欢，翻做了哭哭啼啼。

表达：相聚的快乐总是短暂的，转眼间又面临离别的痛。

明朝甑复空，母子相持哭。

表达：甑中无米，快要饿死的情景。

十年勾践亡吴计，七日包胥哭楚心。

表达：坚定不移。

远信入门先有泪，妻惊女哭问何如。

表达：接到书信激动得哭起来。

春岩彩鸡舞，月峡哀猿哭。

表达：动物给自然界添了生趣，此句也蕴含悲喜交织的情感。

平原累累添新冢，半是去年来哭人。

表达：有人去年还在扫墓，今年却已成了被扫墓的人。

天苍苍，野茫茫，风吹草低见牛羊。

表达：广袤无垠的草原生机勃勃。

天街小雨润如酥，草色遥看近却无。

表达：初春的可爱。

绿杨芳草长亭路，年少抛人容易去。

表达：青春易逝，长亭相别情深意重。

离离原上草，一岁一枯荣。

表达：生命周而复始，生生不息。

谁言寸草心，报得三春晖。

表达：母爱难以报答。

林暗草惊风，将军夜引弓。

表达：夜晚打猎的英姿。

种豆南山下，草盛豆苗稀。

表达：享受归隐后的田园生活。

细草微风岸，危樯独夜舟。

表达：孤舟泊岸，心随微风漂泊。

草木知春不久归，百般红紫斗芳菲。

表达：晚春依旧充满活力。

青枝满地花狼藉，知是儿孙斗草来。

表达：儿童嬉戏玩耍的场景。

草色烟光残照里，无言谁会凭阑意。

表达：落日余晖，靠着栏杆独自忧愁。

草木有本心，何求美人折？

表达：不刻意追求外界认可。

不要人夸颜色好，只留清气满乾坤。

表达：不慕虚荣，高洁自守。

俄顷风定云墨色，秋天漠漠向昏黑。

表达：风起云涌，预示着一场秋雨即将来临。

海棠不惜胭脂色，独立蒙蒙细雨中。

表达：坚韧高洁的海棠在雨中依旧绽放。

何须浅碧深红色，自是花中第一流。

表达：桂花不斗颜色斗香气。

回眸一笑百媚生，六宫粉黛无颜色。

表达：千姿百媚，无人能及。

戍客望边色，思归多苦颜。

表达：望着远方时，思乡的心情藏不住。

晓看天色暮看云，行也思君，坐也思君。

表达：我满眼看的不是云，而是你！

杨柳色依依，燕归君不归。

表达：柳又发芽了，燕又归来了，你何时回来？

纵使晴明无雨色，入云深处亦沾衣。

表达：探索美景需不畏艰难，深入未知之境会有独特体验。

春色迷人恨正赊，可堪荡子不还家，细风轻露着梨花。

表达：丈夫久不归家，辜负了春光与誓言。

唯有相思似春色，江南江北送君归。

表达：你归家时一路的春色，都是我对你的想念。

云散月明谁点缀？天容海色本澄清。

表达：青天碧海本就澄清明净，不需要外物点缀衬托。

清雅诗词

会当凌绝顶，一览众山小。

表达：相信自己，定能攀上理想的高峰。

水是眼波横，山是眉峰聚。

表达：山水充满了灵性。

采菊东篱下，悠然见南山。

表达：淡泊悠闲的生活状态。

青山遮不住，毕竟东流去。

表达：历史车轮滚滚向前，无法阻挡。

空山不见人，但闻人语响。

表达：山中的宁静空旷。

少无适俗韵，性本爱丘山。

表达：天性热爱自然，崇尚恬淡自然的生活。

我见青山多妩媚，料青山见我应如是。

表达：我的心情与青山相得益彰。

山行分曙色，一路见人稀。

表达：感受自然，享受孤独。

江碧鸟逾白，山青花欲燃。

表达：山水如画，春意盎然。

羡青山有思，白鹤忘机。

表达：孤高的情怀及身处俗世的无奈。

清风明月本自无尽藏，青山绿水何处非吾乡。

表达：保持内心平静，就能随遇而安，快乐常在。

力拔山兮气盖世，时不利兮骓不逝。

表达：感慨英雄末路，时运不济。

白云一片去悠悠，青枫浦上不胜愁。

表达：忧愁是无法承受之重。

回看射雕处，千里暮云平。

表达：将军归来时的英姿。

江间波浪兼天涌，塞上风云接地阴。

表达：用景色暗示对国运之忧。

锦江春色来天地，玉垒浮云变古今。

表达：从宏阔悠远的景色联想到时局动荡。

月下飞天镜，云生结海楼。

表达：月映水中像镜子，云堆叠像海市蜃楼。

云横秦岭家何在，雪拥蓝关马不前。

表达：前途未卜，路途艰险。

云想衣裳花想容，春风拂槛露华浓。

表达：美人如画，春色撩人。

气蒸云梦泽，波撼岳阳城。

表达：水汽蒸腾，波涛汹涌。

晴空一鹤排云上，便引诗情到碧霄。

表达：积极向上，超脱世俗。

朝辞白帝彩云间，千里江陵一日还。

表达：顺风顺水会带来一日千里的好心情。

只在此山中，云深不知处。

表达：当局者迷。

持节云中，何日遣冯唐。

表达：用西汉冯唐的典故，借以表达希望委以重任。

但见新人笑，那闻旧人哭。

表达：喜新厌旧。

昆山玉碎凤凰叫，芙蓉泣露香兰笑。

表达：乐声的优美动听。

多情却似总无情，唯觉樽前笑不成。

表达：有的人用高冷掩盖情伤，一喝酒却露了马脚。

儿童相见不相识，笑问客从何处来。

表达：多年没有回家，被小孩当作外乡人。

古今多少事，都付笑谈中。

表达：多少大事最后都成为茶余饭后的谈资。

淮阴市井笑韩信，汉朝公卿忌贾生。

表达：有些人因为出色，被周围人排斥。

逢郎欲语低头笑，碧玉搔头落水中。

表达：少女害羞低头，头饰都掉进了水里。

笑渐不闻声渐悄，多情却被无情恼。

表达：情深缘浅，无奈伤情。

出门一笑莫心哀，浩荡襟怀到处开。

表达：和人打交道，要乐观旷达。

偶然值林叟，谈笑无还期。

表达：林边遇老人家，聊得不想回家。

巧笑倩兮，美目盼兮。

表达：美人的笑容很美，眼睛很有神。

我本楚狂人，凤歌笑孔丘。

表达：傲气凌云，像楚狂那样蔑视世俗礼教。

君不见黄河之水天上来，奔流到海不复回。

表达：黄河的壮阔，时间的流逝和人生的短暂。

滚滚长江东逝水，浪花淘尽英雄。

表达：历史中英雄人物的兴衰更替。

无端更渡桑干水，却望并州是故乡。

表达：旅途中对家乡的思念。

一径野花落，孤村春水生。

表达：美总在不起眼的地方突然出现。

流水落花春去也，天上人间。

表达：哀叹美好生活的消逝。

胜日寻芳泗水滨，无边光景一时新。

表达：在最好的日子，看见最好的景致。

行路难，不在水，不在山，只在人情反覆间。

表达：最险是人心，最难是人情。

日出江花红胜火，春来江水绿如蓝。

表达：美好的江南春景。

曾经沧海难为水，除却巫山不是云。

表达：经历过深刻的爱情后，再难以被其他感情所动。

风萧萧兮易水寒，壮士一去兮不复还。

表达：视死如归。

风乍起，吹皱一池春水。

表达：本来水波不兴，突然起伏不平静。

不管人间是与非，白云流水自相依。

表达：超脱世俗的生活态度。

暖暖远人村，依依墟里烟。

表达：炊烟袅袅，黄昏的田野格外宁静。

桃红复含宿雨，柳绿更带朝烟。

表达：春日清晨湿润而妩媚的景色。

草长莺飞二月天，拂堤杨柳醉春烟。

表达：春天的生机与活力。

故人何在，烟水茫茫。

表达：一片烟雨，最容易引起对故人的思念。

家住苍烟落照间，丝毫尘事不相关。

表达：住在乡村，像个隐者，不再为俗事烦恼。

六朝旧事如流水，但寒烟衰草凝绿。

表达：繁华往事，到头来只有惨淡的寒烟和衰败的枯草。

烟柳画桥，风帘翠幕，参差十万人家。

表达：江南景致错落，一片繁华。

绿杨烟外晓寒轻，红杏枝头春意闹。

表达：早春的清晨充满活力。

平林漠漠烟如织，寒山一带伤心碧。

表达：暮烟笼罩树林，山川寒冷荒凉。

山际见来烟，竹中窥落日。

表达：山间生活的宁静和美好。

绿遍山原白满川，子规声里雨如烟。

表达：四月的乡村，烟雨蒙蒙，如在画中。

渡头余落日，墟里上孤烟。

表达：乡村暮色中尽现宁静之美。

金风玉露一相逢，便胜却人间无数。

表达：两人相遇的珍贵与超凡脱俗。

金樽清酒斗十千，玉盘珍羞直万钱。

表达：用金樽盛满清酒，玉盘中摆放着价值万钱的珍馐。

世人结交须黄金，黄金不多交不深。

表达：揭露所谓的"友情"的虚假。

金粟堆前木已拱，瞿塘石城草萧瑟。

表达：玄宗墓、白帝城繁华不再，都已被草木掩盖。

金陵子弟来相送，欲行不行各尽觞。

表达：朋友们来送行，舍不得分开，都喝醉了。

千金纵买相如赋，脉脉此情谁诉？

表达：司马相如也写不尽我的相思。

天生我材必有用，千金散尽还复来。

表达：相信自己必成大器，会花钱也更会赚钱。

五花马，千金裘，呼儿将出换美酒。

表达：酒钱不够？华服和马都可以换成酒！

且把金尊倾美酿。休思往事成惆怅。

表达：把握当下，畅饮吧，莫让过往忧愁来烦心。

报君黄金台上意，提携玉龙为君死。

表达：将军应执剑为国血战，以死相报君王的知遇之恩。

始知锁向金笼听，不及林间自在啼。

表达：宁愿丢掉富贵，也不丢掉自由。

薄雾浓云愁永昼，瑞脑销金兽。

表达：香炉冒出袅袅香烟，心中愁绪也久久不散。

不知明镜里，何处得秋霜。

表达：年龄见长，愁生白发！

塞上长城空自许，镜中衰鬓已先斑。

表达：感慨还没建功立业就老了。

晓镜但愁云鬓改，夜吟应觉月光寒。

表达：愁绪满怀。照镜怕见到白发，吟诗时感到寒意。

最是人间留不住，朱颜辞镜花辞树。

表达：美好的总是短暂的。

镜中苍鬓摘还满，花上青春唤不回。

表达：白发无法消除，青春一去不回。

日日花前常病酒，敢辞镜里朱颜瘦。

表达：心中郁闷，常常借酒消愁，导致日渐憔悴。

惟有门前镜湖水，春风不改旧时波。

表达：除了湖水依旧，一切都变了。

两水夹明镜，双桥落彩虹。

表达：两江之间一潭水像明镜，两座桥像天上落下的彩虹。

镜里流年两鬓残，寸心自许尚如丹。

表达：人虽老，但心还热，国仇尤其不敢忘。

照花前后镜，花面交相映。

表达：女子梳妆的情景。

不信妾肠断，归来看取明镜前。

表达：若不信我相思苦，镜前来看心碎颜。

情怀渐觉成衰晚，鸾镜朱颜惊暗换。

表达：不知不觉，情怀衰减，人也老了。

此时相望不相闻，愿逐月华流照君。

表达：洒在你身上的月光，是我对你的思念。

唯愿当歌对酒时，月光长照金樽里。

表达：月下畅饮才是人生快事。

今宵剩把银釭照，犹恐相逢是梦中。

表达：举银灯细看，怕眼前相逢是场梦。

溪边照影行，天在清溪底。

表达：溪边行，影入景。

月儿弯弯照九州，几家欢乐几家愁。

表达：同一弯明月下，每家都有不同的故事。

八岁偷照镜，长眉已能画。

表达：女孩八岁就有了爱美之心。

风鸣两岸叶，月照一孤舟。

表达：唯有风声与明月，与孤独相伴。

泉眼无声惜细流，树阴照水爱晴柔。

表达：天地万物都是有情的。

只恐夜深花睡去，故烧高烛照红妆。

表达：害怕海棠深夜凋谢，燃烛欣赏花的美丽。

君非青铜镜，何事空照面。

表达：镜子只能照外表，无法洞察人的心灵。

为君持酒劝斜阳，且向花间留晚照。

表达：浮生若梦，不如珍惜眼前光景。

江月知人念远，上楼来照黄昏。

表达：月亮为思念者而明。

寂寞深闺，柔肠一寸愁千缕。

表达：女子愁思万千！

更吹羌笛关山月，无那金闺万里愁。

表达：音乐是思念最好的表达方式。

杨家有女初长成，养在深闺人未识。

表达：出嫁前，杨贵妃尚未被世人所知。

闺中女儿惜春暮，愁绪满怀无释处。

表达：思念中的女子，总想留住春天。

漫道闺中飞破镜，犹看陌上别行人。

表达：人间处处是离别。

荡舟为乐非吾事，自叹空闺梦寐频。

表达：忙着思念，没有心思玩乐。

幽闺女儿爱颜色，坐见落花长叹息。

表达：惜花人惜的不是花，是自己。

君不见红闺少女端正时，夭夭桃李仙容姿。

表达：青春是人生最美的风景。

能阅几时新碧树，不知何日寂金闺。

表达：好景难留，对未来的不确定。

名振金闺步玉京，暂留沧海见高情。

表达：名声显赫，在世事中展现高尚情操。

闺中只是空相忆，不见沙场愁杀人。

表达：空在闺中思念与想象，怎知战场凶恶境况。

忆妾深闺里，烟尘不曾识。

表达：回忆在闺中时不曾知尘事纷扰。

仰天大笑出门去，我辈岂是蓬蒿人。

表达：坚信自己不是一般人。

柴门闻犬吠，风雪夜归人。

表达：山家风雪夜，人归家的温馨画面。

路旁时卖故侯瓜，门前学种先生柳。

表达：世态炎凉，门前冷落，只能自力更生。

朱门沉沉按歌舞，厩马肥死弓断弦。

表达：批判富人生活糜烂，不修战备。

花径不曾缘客扫，蓬门今始为君开。

表达：家门久闭，今日特为君开。

长风几万里，吹度玉门关。

表达：边塞的辽阔与风力的强劲。

下瞰千门静，旁观万象生。

表达：静观繁华，洞悉世间百态。

大厦已成须庆贺，高门频入莫憎嫌。

表达：春燕新巢筑成，家里添生机，怎会厌烦其频繁出入。

谁道人生无再少，门前流水尚能西。

表达：不服老的精神。

侯门一入深如海，从此萧郎是路人。

表达：我和你有缘无分。

千门万户曈曈日，总把新桃换旧符。

表达：元旦伊始，万象更新。

门外风号雁阵低，拥衾同看残灯落。

表达：与伴侣相拥度寒冬，格外温馨。

腾蛇乘雾，终为土灰。

表达：万事万物终有死亡或终结。

伤心秦汉经行处，宫阙万间都做了土。

表达：历史沧桑变幻，朝代几度兴亡。

卧龙跃马终黄土，人事音书漫寂寥。

表达：英雄终归尘土，情谊和书信渐少，好孤独。

江东子弟多才俊，卷土重来未可知。

表达：失败了，不要气馁，重新来过。

春色三分，二分尘土，一分流水。

表达：春色流逝，无法挽回。

陶尽门前土，屋上无片瓦。

表达：辛勤付出却无所得。

淼茫积水非吾土，飘泊浮萍自我身。

表达：人生不过是在世间漂泊的浮萍。

身心安处为吾土，岂限长安与洛阳。

表达：身心安处，就是家园。

四海无寸土，一生唯苦吟。

表达：四方漂泊，一生致力于诗歌创作。

黄河捧土尚可塞，北风雨雪恨难裁。

表达：心中怨恨难以排解。

老将何面还吾土，梦有惊魂在楚乡。

表达：身在异乡，无法回到故土的滋味很难受。

土旷深耕少，江平远钓多。

表达：机会虽多，专注耕耘才能有所收获。

晓看红湿处，花重锦官城。

表达：清晨雨后，成都花团锦簇。

城阙辅三秦，风烟望五津。

表达：对友人即将踏上漫长旅途的关切与不舍。

红酥手，黄滕酒，满城春色宫墙柳。

表达：追忆把盏时的美丽风姿，春已至，她却已遥不可及。

千嶂里，长烟落日孤城闭。

表达：壮阔而又孤寂的氛围。

远芳侵古道，晴翠接荒城。

表达：希望与重生。

锦城虽云乐，不如早还家。

表达：外面世界千般好，怎比早回家。

秋风不相待，先至洛阳城。

表达：秋风急不可耐地先到了家乡。

洛阳城里见秋风，欲作家书意万重。

表达：写家信时，想说的太多，但不知从何写起。

千家万家鸡犬尽，十城五城烟火空。

表达：战争带来的荒凉情景。

宁不知倾城与倾国，佳人难再得。

表达：美人可遇不可求。

佳人遗我云中翮，何以赠之连城璧。

表达：收到珍贵的礼物，感激不尽。

但得将军能百胜，不须天子筑长城。

表达：有了能征善战的将军，皇帝就不必为边防费心思。

燃膏飞控逐流光，露溢金盘乐未央。

表达：开心的时候，没人愿意早早离开。

煮啖快输儿女吻，燃萁不忍尚堆青。

表达：给儿女煮食豆荚的情形和对豆秸的珍惜。

正榴燃红炬，枝头色艳，荷翻绿盖，池面香浮。

表达：石榴红，荷花香，让夏日变得更美。

汲江燃竹，买鱼沽酒，沈醉休教醒。

表达：生活就该想醉就醉，想醒就醒。

何幸复燃灰不死，未应为失马重归。

表达：只要根基未毁，总有翻身之日。

遥望芙蓉影，只言水底燃。

表达：红莲倒影犹如水中火焰。

柳条著雨看成绿，花蕊融冰乍欲燃。

表达：柳更绿，花更艳，生命尽情绽放。

蛟龙出苍干，电火燃裂腹。

表达：人要活得飞龙在天，火光四溅。

清狂上客知何处，恨不同燃柏径槎。

表达：当年那个意气风发的你在哪里？

夜阑白月照管弦，美人一笑夭桃燃。

表达：一个笑容，足以点燃人的心。

春来买断深红色，烧得人心似火燃。

表达：深红色花儿在春天盛放，也点燃了人们内心的热情。

频听银签，重燃绛蜡，年华衮衮惊心。

表达：时间转瞬即逝，年华流逝令人惊心。

桃李春风一杯酒，江湖夜雨十年灯。

表达：岁月流转间，珍藏着与你共度的温暖记忆。

有约不来过夜半，闲敲棋子落灯花。

表达：夜深人静，百无聊赖地等待客人。

醉里挑灯看剑，梦回吹角连营。

表达：饮酒后怀念曾经的雄心壮志。

夕殿萤飞思悄然，孤灯挑尽未成眠。

表达：难以入睡之时最相思。

月黑见渔灯，孤光一点萤。

表达：暗夜深处有光，点亮归途与希望。

三更灯火五更鸡，正是男儿读书时。

表达：灯火不息，青春奋斗的最美时光。

今夕复何夕，共此灯烛光。

表达：烛光温柔，与你共度，心生欢喜。

灯前一觉江南梦，惆怅起来山月斜。

表达：梦中万般美好，梦醒却有失落压心。

雨中山果落，灯下草虫鸣。

表达：大自然的可爱美好。

草草杯盘供笑语，昏昏灯火话平生。

表达：餐盘灯火间，简单的相聚，浓浓的情谊。

山一程，水一程，身向榆关那畔行，夜深千帐灯。

表达：跨越万水千山，心系远方灯火。

蓦然回首，那人却在，灯火阑珊处。

表达：所寻的往往在不经意的时刻出现。

烽火连三月，家书抵万金。

表达：一封家书，最能温暖人心。

七月流火，九月授衣。

表达：遵循自然之道。

山上层层桃李花，云间烟火是人家。

表达：岁月静好。

火树银花合，星桥铁锁开。

表达：欢快祥和的节日气氛，烟花来衬托。

寒夜客来茶当酒，竹炉汤沸火初红。

表达：夜里来客，煮茶热情招待。

千锤万凿出深山，烈火焚烧若等闲。

表达：历经千锤百炼，像石灰一样坚贞不屈。

伤情处，高城望断，灯火已黄昏。

表达：登高远望，灯火黄昏照孤影。

草萤有耀终非火，荷露虽团岂是珠。

表达：辨别本质，不要被表面迷惑。

蜗牛角上争何事，石火光中寄此身。

表达：看透人生虚无，珍惜当下。

休对故人思故国，且将新火试新茶。

表达：走出旧情绪，学会珍惜当下。

心灰不及炉中火，鬓雪多于砌下霜。

表达：心灰意冷，鬓发斑白，岁月无情。

一尺鲈鱼新钓得，儿孙吹火荻花中。

表达：享天伦之乐，人生足矣。

侬作北辰星，千年无转移。

表达：坚贞不渝的情感或忠诚，心如天上北极星。

纤云弄巧，飞星传恨。

表达：云朵变幻莫测，流星传递相思。

天阶夜色凉如水，卧看牵牛织女星。

表达：孤寂中对爱情的向往。

醉后不知天在水，满船清梦压星河。

表达：醉后的梦幻感受。

天若不爱酒，酒星不在天。

表达：爱酒之人对酒的热爱与赞美。

年过潘岳才三岁，还见星星两鬓中。

表达：早生华发，感叹时光易逝，青春不再。

愿我如星君如月，夜夜流光相皎洁。

表达：愿你我像星与月，每晚光彩辉映。

似此星辰非昨夜，为谁风露立中宵。

表达：星辰依旧，人却不同。

月户星窗，多少旧期约。

表达：回想曾经窗前许下的诺言。

明月皎皎照我床，星汉西流夜未央。

表达：明月银河当空，漫漫长夜，难以入眠。

星屏别后千里，更见是何年。

表达：离别之后，担心不能再见。

迢迢牵牛星，皎皎河汉女。

表达：对爱情的渴望。

春花秋月何时了，往事知多少。

表达：春花秋月，往事如烟，心中无尽哀愁。

春风又绿江南岸，明月何时照我还?

表达：回家是心中挥之不去的期盼。

醉中浑不记，归路月黄昏。

表达：流连忘返，踏月而归。

青溪归路直，乘月夜歌还。

表达：乘兴而归的快乐。

人生得意须尽欢，莫使金樽空对月。

表达：饮酒时的豪迈和对人生的感慨。

掬水月在手，弄花香满衣。

表达：接近美，自己也变得美好。

明月不谙离恨苦，斜光到晓穿朱户。

表达：月光清冷无情，映出内心的孤独与寂寞。

海上生明月，天涯共此时。

表达：赏同样的月亮，感受相同的时刻。

露从今夜白，月是故乡明。

表达：思乡之情。

我寄愁心与明月，随君直到夜郎西。

表达：思念朋友，担心朋友。

人生代代无穷已，江月年年望相似。

表达：人生生不息，月恒常不变。

当时明月在，曾照彩云归。

表达：怀念心里的白月光。

吹尽残花无人见，惟有垂杨自舞。

表达：再孤独困苦也要保持自我、坚韧不拔。

留连戏蝶时时舞，自在娇莺恰恰啼。

表达：春天里，万物生机勃勃。

舞低杨柳楼心月，歌尽桃花扇底风。

表达：歌舞升平的景象。

舞榭歌台，风流总被雨打风吹去。

表达：许多繁华已被淹没在时间的风雨里了。

正是古来歌舞处，今日看时无地行。

表达：繁华落尽后，往往只剩下一片苍凉。

花中来去看舞蝶，树上长短听啼莺。

表达：感受春日的生机与活力。

繁弦绮席方终夜，妙舞清歌欢未归。

表达：盛大的宴席，以及对美好时光的留恋。

前溪妙舞今应尽，子夜新歌遂不传。

表达：感慨艺人去世，而技艺不传的遗憾。

歌终舞罢欢无极，乐往悲来长叹息。

表达：天下没有不散的筵席，欢乐尽头是悲凉。

试上铜台歌舞处，唯有秋风愁杀人。

表达：歌舞喧嚣的高台，如今只剩秋风冷冷。

只愁歌舞散，化作彩云飞。

表达：歌舞太过优美，对美好时光流逝的无奈与担忧。

尔为我楚舞，吾为尔楚歌。

表达：朋友饮酒，彼此助兴，相得益彰。

梅须逊雪三分白，雪却输梅一段香。

表达：人各有所长，物各美其美。

三杯吐然诺，五岳倒为轻。

表达：慷慨许诺，一诺千金。

三湘衰鬓逢秋色，万里归心对月明。

表达：不管走到哪儿，故乡始终是最大牵挂。

三五夜中新月色，二千里外故人心。

表达：虽远隔千里，但思念依然浓厚。

试玉要烧三日满，辨材须待七年期。

表达：想认识事物本质，需要长期观察。

七八个星天外，两三点雨山前。

表达：星空稀疏，雨落山前，恬静安然的夜景。

颠倒醉眠三数日，人间百事不思量。

表达：一种逃避现实的态度。

再三追往事，离魂乱，愁肠锁。

表达：往事想得太多，就会无法自拔。

三杯两盏淡酒，怎敌他、晚来风急！

表达：即使喝了酒，也无法抵挡晚风的寒冷和内心的凄凉。

三分春色二分愁，更一分风雨。

表达：美丽春色中风雨凄凄，离愁万绪。

九万里风鹏正举。风休住，蓬舟吹取三山去。

表达：追求理想，永不停歇。

三秋方一日，少别比千年。

表达：聚时嫌日短，别时嫌日长。

半亩方塘一鉴开，天光云影共徘徊。

表达：内心清澈，才能映照出万物真相。

孤帆远影碧空尽，唯见长江天际流。

表达：朋友已离开，依然久久伫立凝望。

伤心桥下春波绿，曾是惊鸿照影来。

表达：以水为镜，眷念逝去的美好。

谁见幽人独往来，缥缈孤鸿影。

表达：做孤独且自由的人，保持深邃而超脱的姿态。

那堪玄鬓影，来对白头吟。

表达：对时光流逝、青春不再的无奈与感慨。

渺万里层云，千山暮雪，只影向谁去。

表达：失去挚爱的凄凉和悲壮。

惟怜一灯影，万里眼中明。

表达：哪怕还有一丝光，也不再畏惧黑暗。

双心一影俱回翔，吐情寄君君莫忘。

表达：两颗心相互依偎、缠绵悱恻。

举杯邀明月，对影成三人。

表达：月下，独孤的人和影子成为朋友。

拂墙花影动，疑是玉人来。

表达：情人将至，内心充满期待。

千里寻月影，终是枉工夫。

表达：需面对现实，懂得放下执念。

疏影横斜水清浅，暗香浮动月黄昏。

表达：赞颂如梅花一般清雅高洁、坚韧的精神品质。

我心匪鉴，不可以茹。

表达：我心不是铜镜，美丑不能全部容纳。

青青子衿，悠悠我心。

表达：对某人深深的思念。

心似双丝网，中有千千结。

表达：情感交织如密网，心结重重难解开。

山有木兮木有枝，心悦君兮君不知。

表达：单相思最苦涩，也最无奈。

只愿君心似我心，定不负相思意。

表达：对心意相通、彼此珍视的深切期盼。

身无彩凤双飞翼，心有灵犀一点通。

表达：相爱虽不能比翼双飞，但心有默契。

迹留黄绶人多叹，心在青云世莫知。

表达：地位低微，但胸怀大志，知音难觅。

天平山上白云泉，云自无心水自闲。

表达：人应像云与水般自由，不为外物所累。

蜡烛有心还惜别，替人垂泪到天明。

表达：离别之时，彻夜难眠。

春心莫共花争发，一寸相思一寸灰。

表达：相思情深终化灰。

愿我六根常寂静，心如宝月映琉璃。

表达：渴望超脱世俗纷扰，追求心灵的宁静与清澈。

系我一生心，负你千行泪。

表达：情深缘浅，负疚难言。

百川东到海，何时复西归。

表达：时间一去不复返。

春江潮水连海平，海上明月共潮生。

表达：明月与潮水升腾，极富生命力的一刻。

海内存知己，天涯若比邻。

表达：心灵相通，千山万水也无法阻隔的。

有人问我事如何，人海阔，无日不风波。

表达：人生无常，没有一天不起风波。

海日生残夜，江春入旧年。

表达：太阳驱逐长夜，旧年未过新春已来。

沧海月明珠有泪，蓝田日暖玉生烟。

表达：情感失落、理想追求及对美好事物的向往。

三万里河东入海，五千仞岳上摩天。

表达：对祖国大好河山的赞美。

海誓山盟总是赊。

表达：誓言虽美，但常常难以实现。

四海皆兄弟，谁为行路人。

表达：天下人皆可成为兄弟，不必做孤独的旅人。

情知海上三年别，不寄云间一纸书。

表达：对远方人的思念和未收到信的失落。

海棠未雨，梨花先雪，一半春休。

表达：花事更迭，春天已过半。

海水梦悠悠，君愁我亦愁。

表达：思念像潮水，在你我之间涌动。

思君不可得，愁见江水碧。

表达：江水成为思念的载体。

慨当以慷，忧思难忘。

表达：壮志难酬的悲伤之情。

情人怨遥夜，竟夕起相思。

表达：漫漫长夜，有情人受着相思之苦。

南有乔木，不可休思。汉有游女，不可求思。

表达：男子对女子的思念和追求不得的情感。

今年游寓独游秦，愁思看春不当春。

表达：痛苦的时候，眼前景再好，也没心情欣赏。

今夜月明人尽望，不知秋思在谁家。

表达：中秋之夜，家家都有思念的人。

至今思项羽，不肯过江东。

表达：歌颂宁死不屈的男儿气概。

思君令人老，岁月忽已晚。

表达：相思让人衰老得更快。

一日不见兮，思之如狂。

表达：内心强烈的思念，一刻都不想分离。

杨花榆荚无才思，惟解漫天作雪飞。

表达：对平凡之美的发现与珍视。

俱怀逸兴壮思飞，欲上青天揽明月。

表达：雄心壮志，誓要实现人生理想。

思悠悠，恨悠悠，恨到归时方始休。

表达：思念和怨恨无尽，直到你归来时才能停歇。

天长地久有时尽，此恨绵绵无绝期。

表达：心中的遗憾和痛苦，比天地还长久。

落红不是无情物，化作春泥更护花。

表达：生命的另一种延续和价值再创造。

两情若是久长时，又岂在朝朝暮暮。

表达：爱情若坚贞，时空都无法阻挡。

人生自是有情痴，此恨不关风与月。

表达：人生自是有情，情到深处痴绝，与风月无关。

衰兰送客咸阳道，天若有情天亦老。

表达：离别时，你会对岁月无情有深刻体悟。

浮云游子意，落日故人情。

表达：夕阳下离开朋友，继续如浮云漂泊。

多情自古伤离别，更那堪，冷落清秋节！

表达：多情人最怕秋日里的离别。

无情不似多情苦，一寸还成千万缕。

表达：多情之人更容易受到情伤的打击。

问世间，情是何物，直教生死相许。

表达：伟大的爱情，能超越生死。

其人虽已没，千载有馀情。

表达：荆轲虽然已经死去，精神永远激励后人。

此情可待成追忆，只是当时已惘然。

表达：只有失去后，才懂得珍惜。

汉文有道恩犹薄，湘水无情吊岂知？

表达：怀才不遇，独自奋斗无人懂。

春风十里扬州路，卷上珠帘总不如。

表达：珠帘翠幕下多少佳人，与你一比也黯然失色。

我欲穿花寻路，直入白云深处，浩气展虹霓。

表达：我的情怀超凡脱俗。

清明时节雨纷纷，路上行人欲断魂。

表达：此时心境，天地同悲。

不用频嗟世路难，浮生各自系悲欢。

表达：请相信，每段经历都有价值。

犹惜路傍歌舞处，踟蹰相顾不能归。

表达：贪恋路旁欢愉，脚步因此放慢。

行路难，行路难，多歧路，今安在？

表达：感到未来一片茫然。

春风江上路，不觉到君家。

表达：忘却时间流逝的美好感受。

关山虽胜路难堪，才上征鞍又解骖。

表达：在家千般好，出门万事难。

世路山河险，君门烟雾深。

表达：人生路难，仕途凶险。

赤路如龙蛇，不知几千丈。

表达：这一路的情况非常凶险。

西州路，不应回首，为我沾衣。

表达：别回头，不然又要哭了。

凌波不过横塘路，但目送、芳尘去。

表达：你已远去，我仍久久凝望。

道路阻且长，会面安可知。

表达：我们什么时候能够再见面？

耆老遮归路，壶浆满别筵。

表达：最亲还是家乡人。

还顾望旧乡，长路漫浩浩。

表达：离开家乡已太远。

路漫漫其修远兮，吾将上下而求索。

表达：用一生去追求理想。

无为在歧路，儿女共沾巾。

表达：大丈夫离别也要气壮山河。

千岩万转路不定，迷花倚石忽已暝。

表达：山路曲折，景色迷人，因陶醉其中而忘记时间。

桐花万里丹山路，雏凤清于老凤声。

表达：青出于蓝。

关山客子路，花柳帝王城。

表达：路途崎岖坎坷，终点繁华似锦。

谁谓帝宫远，路极悲有余。

表达：对情感与人生境遇双重悲剧的感慨。

路人借问遥招手，怕得鱼惊不应人。

表达：垂钓时的专注与谨慎。

一封朝奏九重天，夕贬潮州路八千。

表达：命运的打击总是突然而至。

斜月沉沉藏海雾，碣石潇湘无限路。

表达：路途遥远，思念跨越山海，难以到达。

清雅诗词

蓬山此去无多路，青鸟殷勤为探看。

表达：思念化为飞鸟，只为看你一眼。

绿野堂开占物华，路人指道令公家。

表达：绿野堂美名远扬，人人都夸令公德高望重。

芳树无人花自落，春山一路鸟空啼。

表达：春山无人，风景自在。

落叶人何在，寒云路几层。

表达：你想遇见的，未必能遇见。

闲门向山路，深柳读书堂。

表达：幽静深远和淡泊的读书环境。

馨香盈怀袖，路远莫致之。

表达：花香在手，想送到你身边，可惜遥不可及。

软草平莎过雨新，轻沙走马路无尘。

表达：春雨之后，宜出门踏青。

常记溪亭日暮，沉醉不知归路。

表达：年少不知愁，快乐最纯粹。

雁来音信无凭，路遥归梦难成。

表达：书信断了，回家无望时最痛苦。

天北天南绕路边，托根无处不延绵。

表达：小草处处都能扎根，生命力顽强。

如今好上高楼望，盖尽人间恶路岐。

表达：高处俯瞰，希望白雪盖住世上一切险恶的岔路。

烈日流金路无尽，此时方识古人心。

表达：领悟和感恩古人的智慧和远见。

心折此时无一寸，路迷何处见三秦。

表达：心如刀割，前路迷茫。

心火自生还自灭，云师无路与君销。

表达：心病自医，难以借助外力。

绿阴不减来时路，添得黄鹂四五声。

表达：只要兴致在，景致就不会少。

濛濛烟树无重数。不碍相思路。

表达：没有什么能阻碍思念之情。

最苦碧云信断，仙乡路杳，归雁难倩。

表达：人生最难过的是与爱人断绝音讯。

世路风波险，十年一别须臾。

表达：世事之险与时间之快。

满路落花红不扫，春色渐随人老。

表达：不忍扫落花，心生春色随人老的哀愁。

忆曾携手处，月满窗前路。

表达：那年月色和那时的人是如此美好。

抛家傍路，思量却是，无情有思。

表达：有时绝情的离别恰是缘于多情。

莫愁前路无知己，天下谁人不识君。

表达：兄弟，你大胆地往前走！

当时白业无门入，今日玄关有路归。

表达：曾经迷茫，如今找到了出路。

故乡路远不得信，寒月夜来还复圆。

表达：离家太远，看到寒夜月圆只能徒增伤感。

不惜千金买宝刀，貂裘换酒也堪豪。

表达：不惜代价，只为追求心中理想。

算人间没个并刀，剪断心上愁痕。

表达：愁绪难消，心结难解。

藏得宝刀求主带，调成骏马乞人骑。

表达：宝刀待豪杰，骏马求英雄。

谁为立勋者，可惜宝刀闲。

表达：感叹怀才不遇。

左手持刀尺，右手执绫罗。

表达：女子做女红的姿态。

一年三百六十日，风刀霜剑严相逼。

表达：借花喻人，对无情现实的控诉。

玉尺金刀俱在手，把天机云锦裁成句。

表达：构思精巧，文采斐然。

我自横刀向天笑，去留肝胆两昆仑。

表达：为了理想抛头颅洒热血。

试问谁家子，乃老能佩刀。

表达：老当益壮，保持勇武。

离魂莫惆怅，看取宝刀雄。

表达：离别时鼓励朋友勇往直前。

金剪刀，青丝发，香墨蛮笺亲札。

表达：女子梳妆打扮、写书信的生动画面。

别离久，今古恨，大刀头。

表达：离别从古至今都是最伤人的刀。

欲买桂花同载酒，终不似、少年游。

表达：时光已逝，再难寻回少年同游之乐。

花间一壶酒，独酌无相亲。

表达：独对花丛饮酒，心中格外孤独。

明月几时有？把酒问青天。

表达：追问月亮，也是在追问人生与命运。

绿蚁新醅酒，红泥小火炉。

表达：新酿美酒诱人，邀友共享这份温暖与美好。

葡萄美酒夜光杯，欲饮琵琶马上催。

表达：勇士出战前的豪情。

倾白酒，对青山，笑指柴门待月还。

表达：寄情山水，向往归隐的生活状态。

一壶酒，一竿身，快活如侬有几人。

表达：带着酒来钓鱼的人真快乐。

新丰美酒斗十千，咸阳游侠多少年。

表达：咸阳少年意气飞扬。

一曲新词酒一杯，去年天气旧亭台。

表达：新词佐酒，旧亭依旧，闲愁涌上心头。

天子呼来不上船，自称臣是酒中仙。

表达：醉后豪放不羁的真性情。

莫笑农家腊酒浑，丰年留客足鸡豚。

表达：不要笑农家酒浑，他们待客诚意满满。

愁肠已断无由醉，酒未到，先成泪。

表达：愁得酒未沾唇，泪已先流。

永忆江湖归白发，欲回天地入扁舟。

表达：建功立业之后，就归隐江湖。

忆昔午桥桥上饮，坐中多是豪英。

表达：当年那场聚会，来的都不是一般人。

忆君心似西江水，日夜东流无歇时。

表达：白天想你，晚上也想你，时时刻刻都想你。

长相思兮长相忆，短相思兮无穷极。

表达：时间长思念就漫长，时间短思念就深刻。

从别后，忆相逢，几回魂梦与君同。

表达：离别后，梦到你好多次了。

九月寒砧催木叶，十年征戍忆辽阳。

表达：十年征战，寒秋落叶期待归途。

看朱成碧思纷纷，憔悴支离为忆君。

表达：因思念而心情低落，看世界都失去了色彩。

如今却忆江南乐，当时年少春衫薄。

表达：回想往事，曾经年少轻狂，但无比快乐。

一叫一回肠一断，三春三月忆三巴。

表达：杜鹃花开、子规悲啼，暮春时节思故乡。

遥知湖上一樽酒，能忆天涯万里人。

表达：我猜远方朋友一喝酒，就能想到我。

忆对中秋丹桂<u>丛</u>，花在杯中，月在杯中。

表达：中秋的酒杯里，有花，有月，还有满满的思念。

忆昔开元全盛日，小邑犹藏万家室。

表达：当年盛世，小城市也有万家人口，物产丰饶。

爱他明月好，憔悴也相关。

表达：无论圆缺，也不减一分一毫的思念。

一叶叶，一声声， 空阶滴到明。

表达：雨下了一夜，打在叶上，也打在我心上。

明年此夕游何处，纵有清光知对谁。

表达：快乐瞬间难再得，珍惜当下吧。

不才明主弃，多病故人疏。

表达：才疏难遇明主，多病逐渐与旧友疏远。

人生在世不称意，明朝散发弄扁舟。

表达：既然人生不痛快，我将乘舟出海。

今年花谢，明年花谢，白了人头。

表达：人的衰老，就在一年年的花开花谢间。

千载琵琶作胡语，分明怨恨曲中论。

表达：琵琶中那胡地的音调，透露出了心中悲愤。

明日隔山岳，世事两茫茫。

表达：明天分别之后，不知各自将会怎样。

今夜闻君琵琶语，如听仙乐耳暂明。

表达：这曲琵琶太好听了，感觉耳朵都变清净了。

君不见，高堂明镜悲白发，朝如青丝暮成雪。

表达：仿佛在一瞬间，我就老了。

今朝有酒今朝醉，明日愁来明日愁。

表达：及时行乐啊，明天的事儿明天再说。

明月松间照，清泉石上流。

表达：月下青松和石上清泉，清幽明净的自然美。

大漠孤烟直，长河落日圆。

表达：自然之壮美，令人感叹人之渺小。

白日放歌须纵酒，青春作伴好还乡。

表达：欢乐时光，与青春共舞，归家路更美好。

接天莲叶无穷碧，映日荷花别样红。

表达：荷香四溢，此处风景与别处不同。

青青园中葵，朝露待日晞。

表达：晨光中，葵菜带着露珠，生机勃勃。

春宵苦短日高起，从此君王不早朝。

表达：君王贪欢，朝政荒废，警示世人。

日日待明日，万事成蹉跎。

表达：拖延成性，终将一事无成。

日出而作，日入而息。

表达：勤劳人民，顺应自然，生活有序。

日啖荔枝三百颗，不辞长作岭南人。

表达：逆境之中依然豁达安然的乐观精神。

日暮征帆何处泊，天涯一望断人肠。

表达：望着帆船远去，离别让人悲伤。

日月之行，若出其中；星汉灿烂，若出其里。

表达：宇宙浩瀚，万物有序。

大鹏一日同风起，扶摇直上九万里。

表达：志存高远，如鹏展翅，一飞冲天。

今日听君歌一曲，暂凭杯酒长精神。

表达：朋友诗歌助兴，酒中豪情，让我精神焕发。

问君能有几多愁？恰似一江春水向东流。

表达：每个人心中都有难以言说的愁苦，像流水一样长。

主称会面难，一举累十觞。

表达：既然难以相见，就开怀畅饮。

唯有春风最相惜，一年一度一归来。

表达：珍惜拥有，相信美好。

一点浩然气，千里快哉风。

表达：胸怀坦荡，自在如风。

所谓伊人，在水一方。

表达：心中女神遥不可及。

少年易老学难成，一寸光阴不可轻。

表达：珍惜时光，勤学不辍，青春无悔。

愿得一心人，白头不相离。

表达：寻找对的人，携手共度一生。

锦瑟无端五十弦，一弦一柱思华年。

表达：岁月如歌，弦弦牵动往昔情。

洛阳亲友如相问，一片冰心在玉壶。

表达：心怀坦荡，心照不宣。

一夫当关，万夫莫开。

表达：此地易守难攻。

一身能擘两雕弧，虏骑千重只似无。

表达：少年英勇征战，左右开弓，以一敌百。

遥知兄弟登高处，遍插茱萸少一人。

表达：团圆佳节至，我想你们了！

射人先射马，擒贼先擒王。

表达：要先解决关键的问题。

乱花渐欲迷人眼，浅草才能没马蹄。

表达：初春生机勃勃的景象。

嗟余听鼓应官去，走马兰台类转蓬。

表达：如走马灯般在官场忙个不停，失去了自我。

银鞍照白马，飒沓如流星。

表达：白马飞奔，尽显骑手飒爽英姿。

草枯鹰眼疾，雪尽马蹄轻。

表达：冬日草原上狩猎者的敏捷。

但使龙城飞将在，不教胡马度阴山。

表达：呼唤李广一样的名将来保家卫国。

竹杖芒鞋轻胜马，谁怕？一蓑烟雨任平生。

表达：在风雨中从容前行，笑傲人生的快意。

山回路转不见君，雪上空留马行处。

表达：舍不得朋友离开，久久伫立。

九州生气恃风雷，万马齐喑究可哀。

表达：对于社会现状的忧虑和对变革的渴望。

夕阳古道无人语，禾黍秋风听马嘶。

表达：宁静而略带萧瑟的秋日黄昏景象。

军歌应唱大刀环，誓灭胡奴出玉关。

表达：面对外敌入侵，绝不屈服。

世上岂无千里马，人中难得九方皋。

表达：千里马常有，伯乐不常有。

黄沙百战穿金甲，不破楼兰终不还！

表达：学习英雄，为国杀敌立功。

骢马新跨白玉鞍，战罢沙场月色寒。

表达：从战场归来的英雄，值得大家尊敬和赞美。

战鬼秋频哭，征鸿夜不栖。

表达：战争惨烈，应慎思而战。

战城南，死郭北，野死不葬乌可食。

表达：战争会给普通人造成的巨大伤害。

将军百战死，壮士十年归。

表达：战争的长期性和激烈性。

征人望乡思，战马闻鼙惊。

表达：惨烈的战斗之后，马怕听战鼓，人更思故乡。

战哭多新鬼，愁吟独老翁。

表达：数万将士战死，杜甫怀愁吟唱。

晓战随金鼓，宵眠抱玉鞍。

表达：惊心动魄的战斗，让人难以忘却。

遥怜故园菊，应傍战场开。

表达：在战火纷飞的故园，菊花寂寞绽放。

战士军前半死生，美人帐下犹歌舞。

表达：揭示了古代士兵与将军内部的矛盾与不公。

万里长征战，三军尽衰老。

表达：长年征战，士兵都衰老了。

一身转战三千里，一剑曾当百万师。

表达：饱经战事的老战士，战斗经验非常宝贵。

清雅诗词

相看两不厌，只有敬亭山。

表达：你要懂山，山就懂你。

梁园日暮乱飞鸦，极目萧条三两家。

表达：繁华不再，对现状的忧虑及无奈。

青山一道同云雨，明月何曾是两乡。

表达：人分两地，心同一处。

两腋不生翅，二毛空满头。

表达：哀叹无法摆脱现状、岁月无情。

红笺白纸两三束，半是君诗半是书。

表达：书信和诗文是两人感情的见证。

此情不语何人会，时复长吁一两声。

表达：叹息是对情感的执着与不舍。

遍问旧交零落尽，十人才有两三人。

表达：对人事变迁的无奈。

恣狂踪迹，两两相呼，终朝雾吟风舞。

表达：自由奔放、无拘无束的生命状态。

今年海角天涯，萧萧两鬓生华。

表达：身在异乡，人已变老。

与君相遇知何处，两叶浮萍大海中。

表达：有缘相遇是一场奇迹。

花自飘零水自流。一种相思，两处闲愁。

表达：思念将遥远的心拴在一起。

两人助一人，三愚成一智。

表达：众人合力，智慧无穷。

无边落木萧萧下，不尽长江滚滚来。

表达：流水东流，时间流逝，从未有一刻停止。

梦入江南烟水路，行尽江南，不与离人遇。

表达：梦里也遇不到想念的人。

野径云俱黑，江船火独明。

表达：一切都在黑暗中，只有渔船上有一点灯火。

江水三千里，家书十五行。

表达：短短的家信承载了游子长长的思念。

江南无所有，聊赠一枝春。

表达：给远方朋友迎春吐艳的美好祝愿。

长江悲已滞，万里念将归。

表达：历经磨难之后，心心念念唯有回家。

江山如画，一时多少豪杰。

表达：大好江山，英雄辈出。

迟日江山丽，春风花草香。

表达：对春天的喜爱。

萧萧梧叶送寒声，江上秋风动客情。

表达：秋风吹来，游子分外感伤。

锦城丝管日纷纷，半入江风半入云。

表达：优雅的音乐，仿佛能入江，能穿云。

一道残阳铺水中，半江瑟瑟半江红。

表达：夕阳江景，光影流转。

醉不成欢惨将别，别时茫茫江浸月。

表达：离别时，唯有江中月影跟随。

图书在版编目（CIP）数据

清雅诗词 / 黄峻峰著；时间岛编 . — 北京 ：文化
发展出版社，2024. 10. — ISBN 978-7-5142-4457-1

Ⅰ . I227

中国国家版本馆 CIP 数据核字第 2024NP3112 号

清雅诗词

著　　者：黄峻峰

编　　者：时间岛

出 版 人：宋　娜　　　　　责任校对：岳智勇

责任编辑：肖润征　杨嘉媛　　装帧设计：吕宜昌

特约编辑：沐　雨　　　　　　责任印制：杨　骏

出版发行：文化发展出版社（北京市翠微路 2 号 邮编：100036）

网　　址：www.wenhuafazhan.com

经　　销：全国新华书店

印　　刷：三河市同力彩印有限公司

开　　本：720mm×1000mm　1/16

字　　数：40 千字

印　　张：8.5

版　　次：2024 年 10 月第 1 版

印　　次：2024 年 10 月第 1 次印刷

定　　价：48.00 元

ISBN：978-7-5142-4457-1

◆　如有印装质量问题，请与我社印制部联系：010-68567015